El escarabajo de oro

de Edgar Allan Poe

Entiende fácilmente la literatura con

ResumenExpress.com

www.resumenexpress.com

EDGAR ALLAN POE

HOMBRE DE LETRAS ESTADOUNIDENSE

- **Nacido en 1809 en Boston (Estados Unidos)**
- **Fallecido en 1849 en Baltimore (Estados Unidos)**
- **Algunas de sus obras:**
  - *Manuscrito hallado en una botella* (1833), cuento
  - *La caída de la Casa de Usher* (1839), cuento
  - *La carta robada* (1845), cuento

Edgar Allan Poe, nacido en Boston en 1809, es un poeta y escritor de novelas y cuentos estadounidense que ha marcado un hito en la historia de la literatura. Se le conoce sobre todo por sus cuentos, rodeados de una atmósfera oscura y misteriosa, y se le considera el precursor de la novela policíaca, de la ciencia ficción y de lo fantástico.

Estudia en la Universidad de Virginia y tiene una fugaz carrera en el ejército. Tras esto, intenta vivir de su pluma no sin dificultad: escribe para periódicos, y también publica poemas y una novela, *Las aventuras de Arthur Gordon Pym*. Son los cuentos los que le reportan su mayor éxito, sobre todo *La caída de la Casa de Usher*, *El hombre de la multitud*, *El gato negro* y otros muchos. Muere en Baltimore en 1849.

EL ESCARABAJO DE ORO

UNA EXTRAÑA CAZA DEL TESORO

- **Género:** cuento
- **Edición de referencia:** Poe, Edgar Allan. 2010. *El escarabajo de oro y otros cuentos*. Traducido por Julio Gómez de la Serna. Madrid: Alfaguara. E-book en epub
- **Primera edición:** 1943
- **Temáticas:** caza del tesoro, criptografía, locura, puesta en escena, piratería

El cuento *El escarabajo de oro* se publica primero en 1943, en un periódico de Filadelfia. Es traducido al francés por Charles Baudelaire y publicado en esa misma lengua en 1956, en una recopilación titulada *Histoires extraordinaires* (*Narraciones extraordinarias*).

El escenario de este cuento es la isla de Sullivan, cerca de Charleston, donde Poe vive varios años. En esta obra, se nos presenta una extraña caza del tesoro, repleta de suspense y de misterio, que empieza con el descubrimiento de un impresionante escarabajo dorado. La trama de la novela se basa en gran parte en la criptografía, ciencia que permite ocultar un mensaje mediante un código cifrado. *El escarabajo de oro* contribuye en gran manera a popularizar este arte entre la gente.

El narrador visita a su viejo amigo, William Legrand, un hombre cultivado que procede de una buena familia, aunque es un tanto extravagante. Vive en una ermita, en la isla de Sullivan, con un antiguo esclavo, Júpiter.

Legrand y Júpiter regresan tras dar un paseo. Durante la caminata, William ha encontrado un escarabajo desconocido, de un increíble color dorado y con unas manchas en el cuerpo que sugieren la forma de una calavera. El narrador está un poco preocupado por la exaltación de su amigo, sobre todo cuando Legrand, que le ha prestado el animal a un conocido, le enseña el dibujo que ha hecho del escarabajo. Y es que, efectivamente, el narrador distingue la forma de una calavera en la ilustración. Tras este episodio, Legrand está de tan mal humor que el narrador prefiere marcharse.

Un mes más tarde, Júpiter le trae al narrador una carta de su amigo en la que le pide que acuda a su casa. El antiguo esclavo le hace partícipe de sus inquietudes con respecto al extraño comportamiento de Legrand, que parece obsesionado con el escarabajo y actúa de forma incomprensible. Este último insiste en que hagan un viaje y así, los tres parten con azadas hacia las regiones salvajes de la isla.

El narrador está convencido de que su amigo, que camina con el escarabajo atado al extremo de una cuerda, se ha vuelto loco. Llegan al pie de un viejo árbol y Legrand le pide a Júpiter que suba hasta que encuentre una calavera clavada en una rama. El antiguo esclavo tiene que descolgar el escarabajo a través de un ojo de esa calavera, y eso determina en el suelo un lugar en el que los tres hombres deben hacer un agujero con la azada.

Empiezan a cavar, pero no encuentran nada, y justo cuando están a punto de abandonar, se dan cuenta de que Júpiter se ha confundido de ojo. Así, desplazan el lugar de las excavaciones y finalmente encuentran un cofre repleto de oro y de piedras preciosas.

Tras transportar en varios viajes el hallazgo de valor incalculable, y después de haber descansado un poco, Legrand decide contar a su amigo las circunstancias que lo han llevado a encontrar el tesoro.

Cuando William quiso dibujar el escarabajo para mostrárselo a su compañero, usó un trozo de pergamino que había recogido en el sitio donde encontró el escarabajo, cerca de unos restos antiguos de un barco. El calor del fuego mostró la calavera que el narrador había visto, que había sido pintada con una tinta con propiedades especiales. El dibujo del escarabajo se hizo justo en la otra cara de la hoja. A continuación, Legrand encontró otros símbolos en el pergamino: una serie de cifras y un chivo que lo puso sobre la pista del famoso pirata Kidd (*kid* significa «chivo» en inglés), que supuestamente había escondido un tesoro que jamás se encontró.

Legrand empieza a narrar con detalle cómo logró descifrar esta serie de símbolos: se trata de cifras y otros signos familiares que sustituyen cada uno a una letra del alfabeto. El hombre dedujo las correlaciones empezando por buscar los símbolos que aparecían más a menudo, que corresponden a las letras utilizadas con más frecuencia en inglés. A partir de ahí, identificó y descifró las palabras cortas, y terminó por descodificar el mensaje completo. En la nota, se daban misteriosas instrucciones que lo llevaron a una cornisa rocosa desde la que, con un catalejo, vio la calavera en el famoso árbol que marcaba el tesoro. A continuación, tuvo que encontrar el lugar exacto donde este se encontraba. Los otros personajes ya conocen el resto de la historia.

Para acabar, Legrand le confiesa al narrador que toda la puesta en escena en torno al escarabajo, que no tiene ninguna relevancia en la resolución del enigma, era solo una broma para vengarse por las dudas que había visto en su amigo en lo que respecta a su salud mental.

ESTUDIO DE LOS PERSONAJES

WILLIAM LEGRAND

Proviene de una antigua familia que, sin embargo, no es adinerada, y se retira a una cabaña en la isla de Sullivan. Es misántropo, y tiene arrebatos de entusiasmo y de melancolía que preocupan a su entorno. Así, el narrador enseguida cree que se ha vuelto loco cuando lo ve actuar de forma incomprensible.

Es inteligente y domina el arte de la criptografía, puesto que logra resolver el enigma que lo conduce hasta el tesoro. Es tenaz y perseverante, pero también es solitario y tan reservado que solo cuando todo ha acabado explica la investigación a sus compañeros.

El dinero es un motor importante en su motivación para encontrar el tesoro. Pero este hombre exigente y cultivado se muestra también como un enamorado de la ciencia. De hecho, su pasión por la entomología (el estudio de los insectos) es la que desencadena la sucesión de pistas que lo llevan hasta el tesoro.

EL NARRADOR

No se nos revela su nombre, y pocos datos tenemos sobre él. Vive en Charleston y visita con frecuencia a su amigo William Legrand. La amistad que los une no es muy antigua, pero es fuerte, y los dos hombres tienen según parece una cierta intimidad.

El narrador se ve afectado de manera sincera y profunda cuando cree que Legrand se ha vuelto loco. A pesar de todo, acepta seguirlo en una expedición que considera absurda, por amistad y porque confía en que después hará entrar en razón a su amigo.

JÚPITER

Es un antiguo esclavo de la familia Legrand. Fue liberado años atrás, pero se niega a separarse de su antiguo dueño, a quien profesa una gran devoción. Lo sigue a todas partes, como si fuera una especie de guardián.

Es ya anciano, pero hábil, puesto que Legrand le pide a él que trepe al árbol. Está lo suficientemente aturdido como para confundir la izquierda y la derecha del cráneo, un error que casi les cuesta el tesoro, puesto que les indica una zona de búsqueda equivocada.

Poe insiste en su condición de antiguo esclavo negro, y le da para ello un marcado acento con el que deforma las palabras inglesas. Ha sido difícil conservar este rasgo en la traducción al español.

CLAVES DE LECTURA

ESQUEMA NARRATIVO

Situación inicial: es el inicio de la historia, el momento en el que se pone en contexto y en el que se nos presenta a los personajes. La situación es equilibrada, es decir, no tiene razón alguna para evolucionar.

- William Legrand prosigue con Júpiter sus investigaciones entomológicas y recibe visitas frecuentes del narrador, su amigo.

Elemento perturbador: es un acontecimiento que perturba la situación inicial y que desencadena la historia propiamente dicha.

- Legrand encuentra un escarabajo desconocido y, para recogerlo, lo envuelve en un trozo de pergamino que encuentra en los alrededores. A continuación, el narrador expone por casualidad el pergamino al calor, y esto revela un mensaje oculto.

Peripecias: son los acontecimientos provocados por el elemento perturbador y que desencadenan la o las acciones del héroe para resolver el problema.

- Legrand descifra el código, resuelve el enigma y parte a la búsqueda del tesoro junto con sus compañeros, que piensan que se ha vuelto loco. Júpiter se confunde cuando Legrand le da instrucciones.

Desenlace: pone fin a las peripecias y lleva a la situación final.

- Los tres hombres encuentran finalmente el tesoro y se lo llevan. A continuación, Legrand cuenta cómo sabía de la existencia del tesoro.

Situación final: es el final de la historia. La situación es estable otra vez, como la situación inicial, pero ha sufrido cambios.

- Los tres amigos poseen una gran fortuna. El narrador ya está más tranquilo con respecto a la salud mental de Legrand y está impresionado por su inteligencia.

UN CUENTO CON APARIENCIA DE RELATO DE AVENTURAS

El escarabajo de oro es un cuento cuyo contenido toma elementos característicos de los relatos de aventuras.

El cuento es un texto corto o de longitud media, generalmente escrito en prosa, con un contenido ficticio. Este tipo de obras existe desde la Edad Media, pero se redefine en el siglo XIX, sobre todo con la publicación de las obras de Edgar Allan Poe, uno de los máximos exponentes de este género.

Además de por su brevedad, el cuento presenta otros rasgos que lo definen:

- se centra siempre en un único acontecimiento, al contrario de lo que pasa en las novelas, que no dudan en multiplicar las tramas. Aquí, ese único acontecimiento es la búsqueda de un tesoro;
- hay pocos personajes y, además, están menos desarrollados que en las novelas: se dan pocos datos sobre ellos, o ninguno, y tienen menos profundidad psicológica. En *El escarabajo de oro*, solo existen tres personajes cuyas descripciones están poco detalladas;
- el desenlace es, a menudo, sorprendente, imprevisto. Este desenlace puede ocupar apenas unas líneas y puede ser, por ejemplo, una brusca aclaración de la trama o un vuelco inesperado de la situación. En *El escarabajo de oro* no hay un auténtico desenlace. El cuento termina con las explicaciones de Legrand acerca del misterio, y más en particular, con la mención de los esqueletos que

se han encontrado al lado del tesoro, que seguramente eran compañeros del pirata, asesinados para guardar el secreto;

- está construido para ser leído de una sentada. Intenta crear un efecto intenso, dejar en el lector una fuerte impresión y todo en el texto debe estar pensado para participar en esta impresión. Al menos, esta es la teoría del cuento que Baudelaire establece cuando traduce los cuentos de Poe;
- para acabar, el cuento se diferencia del cuento de hadas porque la historia se sitúa en un universo realista. Además, al contrario de lo que sucede con el cuento, el cuento de hadas muestra a menudo situaciones esquemáticas (oposición del bien y del mal), personajes estereotipados y maniqueos (los héroes y los malvados) y una moraleja. La construcción del cuento es más libre y sus formas son muy diversas: puede ser policíaco, fantástico, realista o puede seguir la línea de los relatos de aventuras, como *El escarabajo de oro*.

El relato de aventuras es un género popular que cosecha un gran éxito a partir de finales del siglo XIX (sobre todo, con las obras de Julio Verne). A continuación, presentamos sus características principales:

- le otorga un lugar central a los acontecimientos y a las peripecias. Además, se trata a menudo de unos acontecimientos fuera de lo común. En *El escarabajo de oro*, todo el cuento se construye en torno a la búsqueda del tesoro;
- el relato es dinámico, se encuentra por completo al servicio de la acción. En el cuento de Poe, observamos este

punto sobre todo en la expedición a la isla, que conducirá a los personajes hasta el tesoro;

- la historia y el contexto no son necesariamente realistas, ni siquiera verosímiles. Lo esencial en el relato de aventuras es divertir al lector. En *El escarabajo de oro*, parece poco creíble el elemento que desencadena la acción, es decir, el descubrimiento del antiguo pergamino que, sin embargo, está intacto y es totalmente descifrable.

¡Su opinión nos interesa!
¡Deje un comentario en la página web de su librería en línea,
y comparta sus favoritos en las redes sociales!

PARA IR MÁS ALLÁ

EDICIÓN DE REFERENCIA

- Poe, Edgar Allan. 2010. *El escarabajo de oro y otros cuentos*. Traducido por Julio Gómez de la Serna. Madrid: Alfaguara. E-book en epub.

EN RESUMENEXPRESS.COM

- Guía de lectura de *Los crímenes de la calle Morgue* de Edgar Allan Poe.
- Guía de lectura de *La caída de la Casa de Usher* de Edgar Allan Poe.
- Guía de lectura de *La carta robada* de Edgar Allan Poe.
- Guía de lectura de *El gato negro y otros relatos* de Edgar Allan Poe.
- Guía de lectura de *Manuscrito hallado en una botella* de Edgar Allan Poe.